FABLES

Charles Perrault

Copyright pour le texte et la couverture © 2023 Culturea
Edition : Culturea (culurea.fr), 34 Hérault
Contact : infos@culturea.fr
Impression : BOD, Norderstedt (Allemagne)
ISBN :9791041831852
Date de publication : juillet 2023
Mise en page et maquettage : https://reedsy.com/
Cet ouvrage a été composé avec la police Bauer Bodoni
Tous droits réservés pour tous pays.

Un jour le Duc fut tellement battu par tous les Oiseaux, à cause de son vilain chant et de son laid plumage, que depuis il n' a osé se montrer que la nuit.

Tout homme avisé qui s' engage
Dans le Labyrinthe d' Amour,
Et qui veut en faire le tour,
Doit être doux en son langage,
Galant, propre en son équipage,
Surtout nullement loup-garou.
Autrement toutes les femelles
Jeunes, vieilles, laides et belles,
Blondes, brunes, douces, cruelles,
Se jetteront sur lui comme sur un Hibou.

Une Perdrix s' affligeait fort d' être battue par des Coqs ; mais elle se consola, ayant vu qu' ils se battaient eux-mêmes.

Si d' une belle on se voit maltraiter
Les premiers jours qu' on entre à son service,
Il ne faut pas se rebuter :
Bien des Amants, quoiqu' Amour les unisse,
Ne laissent pas de s' entrepicoter.

Un Renard priait un Coq de descendre, pour se réjouir ensemble de la paix faite entre les Coqs et les Renards : – Volontiers, dit le Coq, quand deux lévriers que je vois, qui en apportent la nouvelle, seront arrivés. – Le Renard remit la réjouissance à une autre fois et s' enfuit.

Un rival contre nous est toujours enragé ;
S' y fier est chose indiscrète,
Quelque amitié qu' il vous promette,
Il voudrait vous avoir mangé.

Un Coq ayant trouvé un Diamant, dit : – J' aimerais mieux avoir trouvé un grain d' orge. –

Ainsi jeune beauté, mignonne et délicate,
Gardez-vous bien de tomber sous la patte
D' un brutal qui n' ayant point d' yeux
Pour tous les beaux talents dont votre esprit éclate
Aimerait cent fois mieux
La moindre fille de village,
Qui serait plus à son usage.

Un Chat se pendit par la patte, et faisant le mort, attrapa plusieurs Rats. Une autre fois il se couvrit de farine. Un vieux Rat lui dit : – Quand tu serais même le sac de la farine, je ne m' approcherais pas. –

Le plus sûr bien souvent est de faire retraite
Le Chat est Chat, la Coquette est Coquette.

Une Aigle fit amitié avec un Renard, qui avait ses petits au pied de l' arbre où était son nid ; l' Aigle eut faim et mangea les petits du Renard qui, ayant trouvé un flambeau allumé mit le feu à l' arbre et mangea les Aiglons qui tombèrent à demi rôtis.

Il n' est point de peine cruelle
Que ne mérite une infidèle.

Le Geai s' étant paré un jour des plumes de plusieurs Paons, voulait faire comparaison avec eux ; chacun reprit ses plumes, et le Geai ainsi dépossédé, leur servit de risée.

Qui n' est pas né pour la galanterie,

Et n' a qu' un bel air emprunté,

Doit s' attendre à la raillerie,

Et que des vrais galants il sera bafoué.

Un Coq d' Inde entra dans une Cour en faisant la roue. Un Coq s' en offensa et courut le combattre, quoiqu' il fût entré sans dessein de lui nuire.

D' aucun rival il ne faut prendre ombrage,
Sans le connaître auparavant :
Tel que l' on croit dangereux personnage
N' est qu' un fanfaron bien souvent.

Le paon et la pie

Les Oiseaux élirent le Paon pour leur Roi à cause de sa beauté. Une Pie s' y opposa, et leur dit qu' il fallait moins regarder à la beauté qu' il avait qu' à la vertu qu' il n' avait pas.

Pour mériter le choix d' une jeune merveille,
N' en déplaise à maint jouvenceau
Dont le teint est plus frais qu' une rose vermeille,
Ce n' est pas tout que d' être beau.

Un Dragon voulait ronger une Enclume, une Lime lui dit : – Tu te rompras plutôt les dents que de l' entamer. Je puis moi seule avec les miennes te ronger toi-même et tout ce qui est ici. –

Quand un galant est fâché tout de bon
En vain l' amante se courrouce,
Elle ne gagne rien de faire le Dragon,
Plus ferait une Lime douce.

Un Singe trouva un jour un de ses petits si beau, qu' il l' étouffa à force de l' embrasser.

Mille exemples pareils nous font voir tous les jours,
Qu' il n' est point de laides amours.

Les Oiseaux eurent guerre avec les Animaux terrestres. La Chauve-Souris croyant les Oiseaux plus faibles, passa du côté de leurs ennemis qui perdirent pourtant la bataille. Elle n' a osé depuis retourner avec les Oiseaux et ne vole plus que la nuit.

Quand on a pris parti pour les yeux d' une belle,
Il faut être insensible à tous autres attraits,
Il faut jusqu' à la mort lui demeurer fidèle,
Ou s' aller cacher pour jamais.

Une Poule voyant approcher un Milan, fit entrer ses Poussins dans une cage, et les garantit ainsi de leur ennemi.

Quand on craint les attraits d' une beauté cruelle,
Il faut se cacher à ses yeux
Ou soudain se ranger sous les lois d' une Belle
Qui sache nous défendre et qui nous traite mieux.

Le renard et la grue

Un Renard ayant invité une Grue à manger, ne lui servit dans un bassin fort plat, que de la bouillie qu' il mangea presque toute, lui seul.

Tromper une Maîtresse est trop se hasarder,
Et ce serait grande merveille,
Si malgré tous les soins qu' on prend à s' en garder,
Elle ne rendait la pareille.

La grue et le renard

La Grue pria ensuite le Renard à manger, et lui servit aussi de la bouillie, mais dans une fiole, où faisant entrer son grand bec, elle la mangea toute, elle seule.

On connaît peu les gens à la première vue,
On n' en juge qu' au hasard
Telle qu' on croit une Grue
Est plus fine qu' un Renard.

Un Paon se plaignait à Junon de n' avoir pas le chant agréable comme le Rossignol. Junon lui dit : – Les Dieux partagent ainsi leurs dons, il te surpasse en la douceur du chant, tu le surpasses en la beauté du plumage. –

L' un est bien fait, l' autre est galant,
Chacun pour plaire a son talent.

Un Perroquet se vantait de parler comme un homme : – Et moi, dit le Singe, j' imite toutes ses actions. – Pour en donner une marque, il mit la chemise d' un jeune garçon qui se baignait là auprès, où il s' empêtra si bien que le jeune garçon le prit et l' enchaîna.

Il ne faut se mêler que de ce qu' on sait faire,
Bien souvent on déplaît pour chercher trop à plaire.

Un Loup et un Renard plaidaient l' un contre l' autre pour une affaire fort embrouillée. Le Singe qu' ils avaient pris pour Juge, les condamna tous deux à l' amende, disant qu' il ne pouvait faire mal de condamner deux aussi méchantes bêtes.

Quand deux amants en usent mal,
Ou que l' un et l' autre est brutal,
Quelques bonnes raisons que chacun puisse dire
Pour être préféré par l' objet de ses voeux
La Belle doit en rire
Et les chasser tous deux.

Une Grenouille voulant noyer un Rat, lui proposa de le porter sur son dos par tout son marécage, elle lia une de ses pattes à celle du Rat, non pas pour l' empêcher de tomber, comme elle disait ; mais pour l' entraîner au fond de l' eau. Un Milan voyant le Rat fondit dessus, et l' enlevant, enleva aussi la Grenouille et les mangea tous deux.

De soi la trahison est infâme et maudite,
Et pour perdre un rival, rien n' est si hasardeux,
Quelque bien qu' elle soit conduite,
Elle fait périr tous les deux.

Un Lièvre s' étant moqué de la lenteur d' une Tortue, de dépit elle le défia à la course. Le Lièvre la voit partir et la laisse si bien avancer, que quelques efforts qu' il fît ensuite, elle toucha le but avant lui.

Trop croire en son mérite est manquer de cervelle,
Et pour s' y fier trop maint amant s' est perdu.
Pour gagner le coeur d' une Belle,
Rien n' est tel que d' être assidu.

Un Loup pria une Grue de lui ôter avec son bec un os qu' il avait dans la gorge, elle le fit et lui demanda récompense : – N' est-ce pas assez, dit le Loup, de ne t' avoir pas mangée ? –

Servir une ingrate beauté,
C' est tout au moins peine perdue,
Et pour prétendre en être bien traité,
Il faut être bien Grue.

Un Milan feignit de vouloir traiter les petits Oiseaux le jour de sa naissance, et les ayant reçus chez lui les mangea tous.

Quand vous voyez qu' une fine femelle,

En même temps fait les yeux doux

À quinze ou seize jeunes fous,

Qui tous ne doutent point d' être aimés de la Belle,

Pourquoi vous imaginez-vous

Qu' elle les attire chez elle

Si ce n' est pour les plumer tous.

Un Singe fut élu Roi par les Animaux, pour avoir fait cent singeries avec la couronne qui avait été apportée pour couronner celui qui serait élu. Un Renard indigné de ce choix, dit au nouveau Roi qu' il vînt prendre un trésor qu' il avait trouvé. Le Singe y alla et fut pris à un trébuchet tendu où le Renard disait qu' était le trésor.

Savoir bien badiner est un grand avantage
Et d' un très grand usage,
Mais il faut être accort, sage, discret et fin,
Autrement l' on n' est qu' un badin.

Un Bouc et un Renard descendirent dans un puits pour y boire, la difficulté fut de s' en retirer ; le Renard proposa au Bouc de se tenir debout, qu' il monterait sur ses cornes, et qu' étant sorti il lui aiderait. Quand il fut dehors, il se moqua du Bouc, et lui dit : – Si tu avais autant de sens que de barbe, tu ne serais pas descendu là, sans savoir comment tu en sortirais. –

Tomber entre les mains d' une Coquette fière,
Est un plus déplorable sort,
Que tomber dans un puits la tête la première,
On est bien fin quand on en sort.

Les Rats tinrent conseil pour se garantir d' un Chat qui les déso-
lait. L' un d' eux proposa de lui pendre un grelot au cou ; l' avis fut
loué, mais la difficulté se trouva grande à mettre le grelot.

Quand celle à qui l' on fait la cour,
Est rude, sauvage et sévère ;
Le moyen le plus salutaire,
Serait de lui pouvoir donner un peu d' amour,
Mais c' est là le point de l' affaire.

Le Singe voulant manger des marrons qui étaient dans le feu, se servit de la patte du Chat pour les tirer.

Faire sa cour aux dépens d' un Rival,
Est à peu près un tour égal.

Un Renard ne pouvant atteindre aux Raisins d' une treille, dit qu' ils n' étaient pas mûrs, et qu' il n' en voulait point.

Quand d' une charmante beauté,
Un galant fait le dégoûté,
Il a beau dire, il a beau feindre,
C' est qu' il n' y peut atteindre.

L' Aigle poursuivant un Lapin, fut priée par un Escarbot de lui donner la vie, elle n' en voulut rien faire, et mangea le Lapin. L' Escarbot par vengeance cassa deux années de suite les oeufs de l' Aigle, qui enfin alla pondre sur la robe de Jupiter. L' Escarbot y fit tomber son ordure. Jupiter voulant la secouer, jeta les oeufs en bas, et les cassa.

Ce n' est pas assez que de plaire
À l' objet dont votre âme a ressenti les coups :
Il faut se faire aimer de tous ;
Car si la soubrette est contraire,
Vous ne ferez jamais affaire
Quand la Belle serait pour vous.

Un Loup voulait persuader à un Porc-Épic de se défaire de ses piquants, et qu' il en serait bien plus beau. – Je le crois, dit le Porc-Épic,
mais ces piquants servent à me défendre. –

Jeunes beautés, chacun vous étourdit,
À force de prôner que vous seriez plus belles,
Si vous cessiez d' être cruelles,
Il est vrai, mais souvent c' est un Loup qui le dit.

Deux Serpents l' un à plusieurs têtes, l' autre à plusieurs queues, disputaient de leurs avantages. Ils furent poursuivis ; celui à plusieurs queues se sauva au travers des broussailles, toutes les queues suivant aisément la tête. L' autre y demeura, parce que les unes de ses têtes allant à droite, les autres à gauche, elles trouvèrent des branches qui les arrêtèrent.

Écouter trop d' avis est un moyen contraire,
Pour venir à sa fin,
Le plus sûr, en amour, comme en toute autre affaire,
Est d' aller son chemin.

Une petite Souris ayant rencontré un Chat et un Cochet, voulait faire amitié avec le Chat ; mais elle fut effarouchée par le Cochet qui vint à chanter. Elle s' en plaignit à sa mère, qui lui dit : – Apprends que cet animal qui te semble si doux, ne cherche qu' à nous manger, et que l' autre ne nous fera jamais de mal. –

De ces jeunes plumets plus braves qu' Alexandre,
Il est aisé de se défendre ;
Mais gardez-vous des doucereux,
Ils sont cent fois plus dangereux.

Le milan et les colombes

Les Colombes poursuivies par le Milan, demandèrent secours à l' Épervier, qui leur fit plus de mal que le Milan même.

On sait bien qu' un mari fait souvent enrager,
Toutefois la jeune Colombe,
Qui gémit, et veut se venger,
Doit bien, avant que s' engager,
Voir en quelles mains elle tombe ;
Car si l' amant est brutal et jaloux,
Il est pire encor que l' époux.

Le dauphin et le singe

Un Singe dans un naufrage, sauta sur un Dauphin qui le reçut, le prenant pour un homme ; mais lui ayant demandé s' il visitait souvent le Pirée qui est un port de mer, et le Singe ayant répondu qu' il était de ses amis, il connut qu' il ne portait qu' une bête, et le noya.

En vain un galant fait le beau,
A beaux traits, beaux habits, beau linge, et belle tête,
Si du reste c' est une bête,
Il n' est bon qu' à jeter en l' eau.

Un Renard voyant un fromage dans le bec d' un Corbeau, se mit à louer son beau chant. Le Corbeau voulut chanter, et laissa choir son fromage que le Renard mangea.

On peut s' entendre cajoler,
Mais le péril est de parler.

Du cygne et de la grue

La Grue demanda à un Cygne, pourquoi il chantait : – C' est que je vais mourir, répondit le Cygne, et mettre fin à tous mes maux. –

Quand d' une extrême ardeur on languit nuit et jour,
Cette ardeur devient éloquente,
Et la voix d' un amant n' est jamais si charmante,
Que quand il meurt d' amour.

Le loup et la tête

Un Loup voyant une belle Tête, chez un Sculpteur, disait : – Elle
est belle, mais le principal lui manque, l' esprit et le jugement. –

Pour tenir dans les fers un amant arrêté,
Il faut joindre l' esprit avecque la beauté.

Un Serpent retira dans sa caverne un Hérisson qui s' étant familia-
risé, se mit à le piquer. Il le pria de se loger ailleurs. – Si je
t' incommode, dit le Hérisson, tu peux toi-même chercher un autre lo-
gement. –

Introduire un ami chez la beauté qu' on aime,

Est bien souvent une imprudence extrême,

Dont à loisir on se repent ;

L' ami prend votre place, est aimé de la belle,

Et l' on n' est plus regardé d' elle

Que comme un malheureux serpent.

Un petit Barbet poursuivait à la nage de grandes Canes. Elles lui dirent : – Tu te tourmentes en vain, tu as bien assez de force pour nous faire fuir, mais tu n' en as pas assez pour nous prendre. –

Il faut que l' objet soit sortable ;
C' est autrement soi-même se trahir,
Quand on n' est pas assez aimable ;
Plus on poursuit, plus on se fait haïr.

Le Barbet de cette fontaine court effectivement après les Canes qui fuient devant lui ; et le Barbet et les Canes jettent de l' eau en l' air, en tournant l' un après l' autre. Cette fontaine s' appelle aussi la fontaine du gouffre, parce que les eaux qui entrent dans son bassin avec grande abondance, y tournoient avec rapidité et avec bruit ; puis s' engouffrent dans la terre et s' y perdent.